# Les 7 pyjamas du chat

Catherine Foreman

Texte français d'Hélène Pilotto

Éditions
■SCHOLASTIC

À Dale, Caleb et Sammy, avec amour.
Merci d'avoir enduré le chat!

xxx

Publié initialement en 2011 par Scholastic New Zealand Limited, Private Bag
94407, Botany, Auckland 2163, Nouvelle-Zélande.

Les illustrations de ce livre sont faites au pastel.
Conception graphique : Catherine Foreman.

Catalogage avant publication de Bibliothèque et Archives Canada
Foreman, Catherine
    Les 7 pyjamas du chat / Catherine Foreman ; texte français d'Hélène
Pilotto.
Traduction de: The cat's pyjamas.
ISBN 978-1-4431-0754-9
    I. Pilotto, Hélène  II. Titre.
III. Titre: Sept pyjamas du chat.
PZ26.3.F66Se 2011          j823'.92          C2010-906922-6

Édition publiée par les Éditions Scholastic, 604, rue King Ouest,
Toronto (Ontario)  M5V 1E1 CANADA.

6 5 4 3 2      Imprimé en Malaisie  108          14 15 16 17 18

Voici le chat

et voici ses pyjamas.

Lundi, le chat
enfile son pyjama
de l'espace...

et rêve
de voyages lunaires,
de fusées scintillantes,
de Mars, de Jupiter
et d'étoiles filantes.

À son réveil, le chat se dit : « Quel beau rêve spatial j'ai fait cette nuit! »

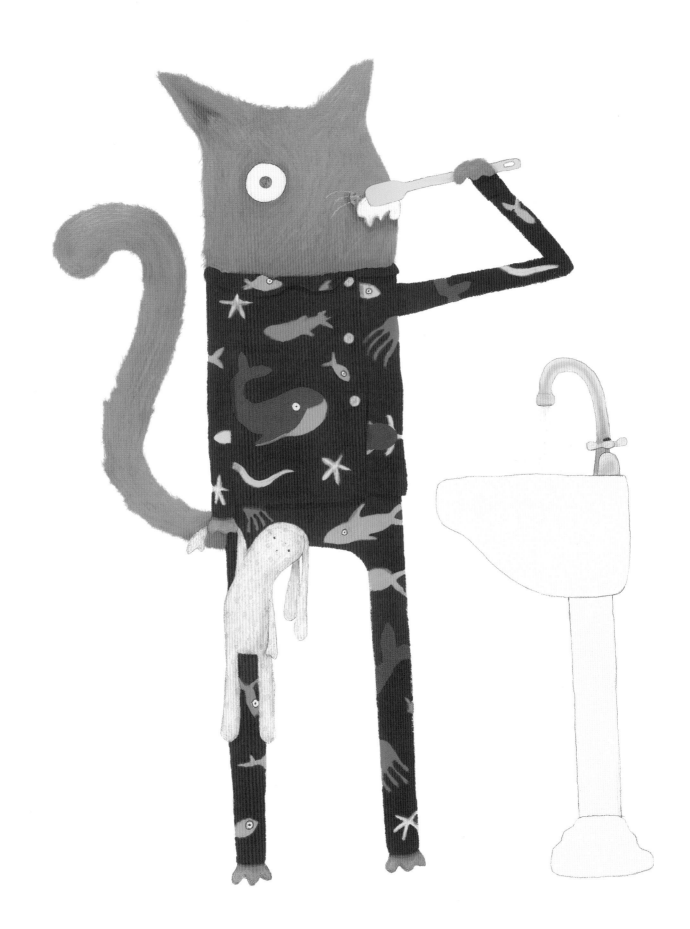

Mardi, le chat
enfile son pyjama
de la mer...

et rêve
de baleines et de phoques,
de tortues et d'anguilles,
de poissons de toutes sortes
aux nageoires
qui frétillent.

À son réveil, le chat se dit : « Quel beau rêve marin j'ai fait cette nuit! »

Mercredi, le chat
enfile son pyjama
de la campagne...

et rêve
de pissenlits, de lapins qui font des trous,
d'arbres, d'abeilles, de fruits,
et de grenouilles perchées sur des cailloux.

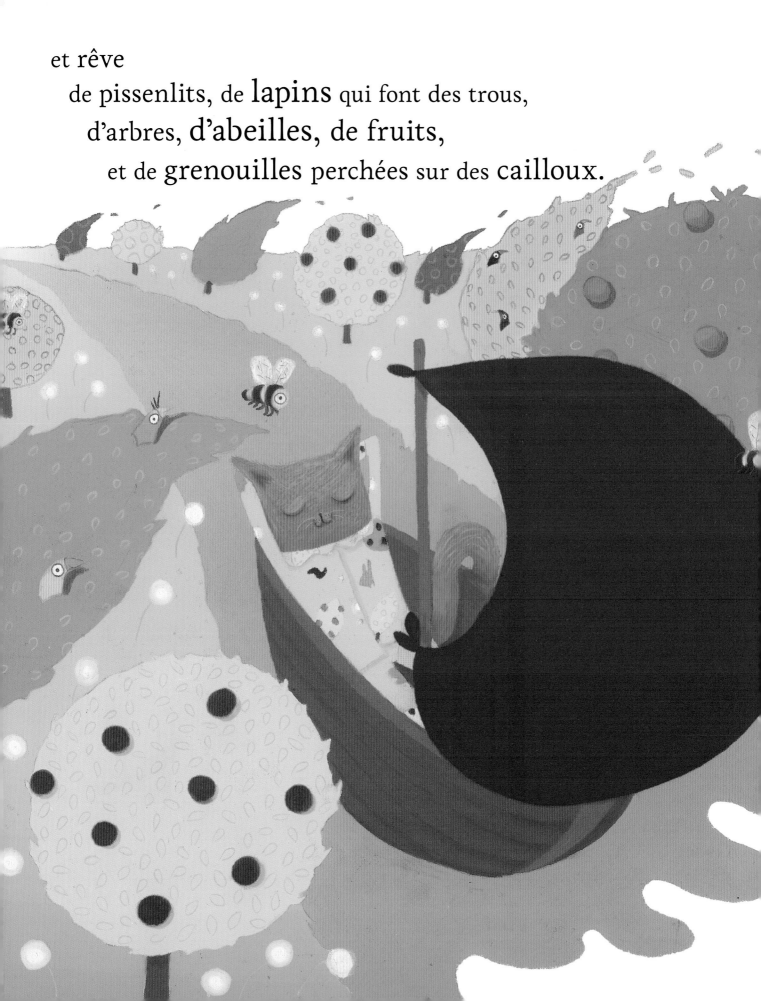

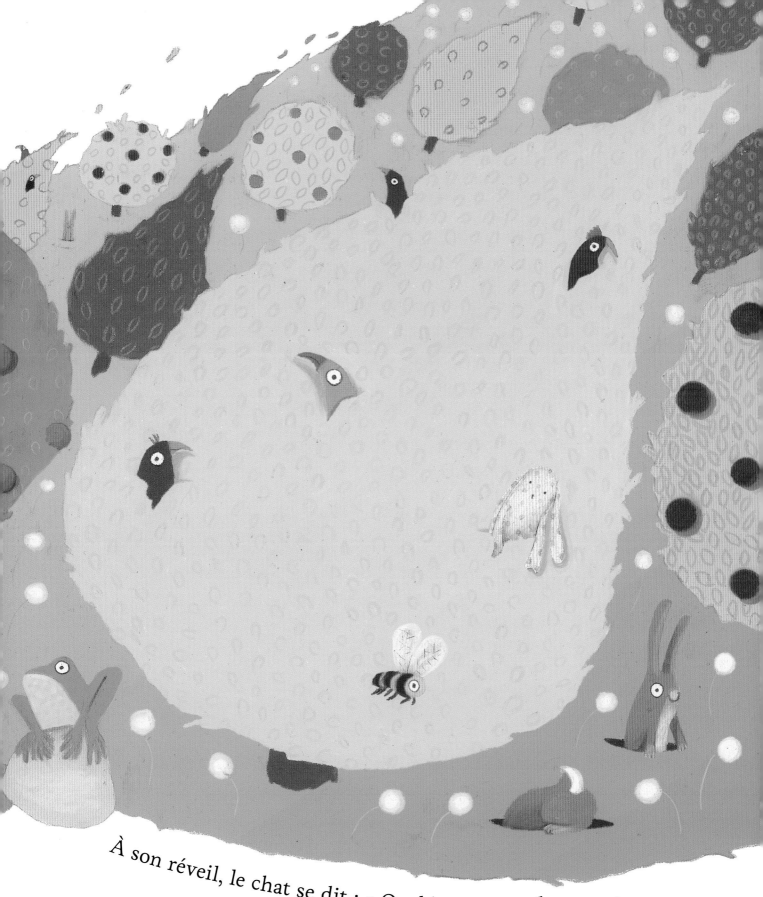

À son réveil, le chat se dit : « Quel beau rêve champêtre j'ai fait cette nuit ! »

Jeudi, le chat
enfile son pyjama
de la route...

et rêve
de gros camions rouges,
d'une pelleteuse bien chargée,
de véhicules qui bougent,
et d'une moto très pressée.

À son réveil, le chat se dit : « Quel beau rêve routier j'ai fait cette nuit! »

Vendredi, le chat
enfile son pyjama
de la jungle...

et rêve

d'un énorme éléphant,
d'intrépides chimpanzés,
de papillons, de toucans
et de paresseux fatigués.

À son réveil, le chat se dit :
« Quel beau rêve exotique
j'ai fait cette nuit! »

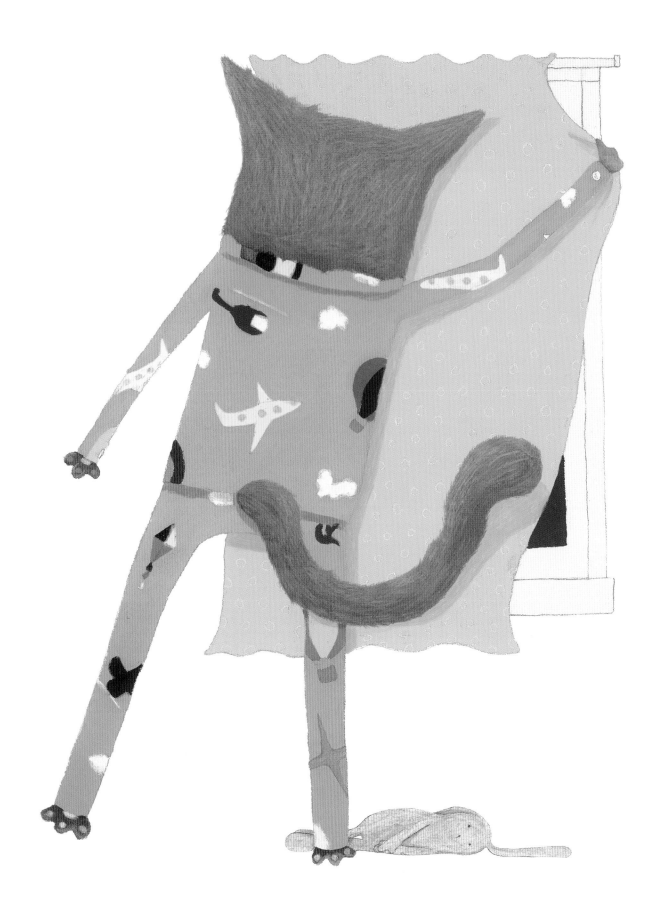

Samedi, le chat
enfile son pyjama
du ciel...

et rêve
d'une lune en croissant,
de montgolfières colorées,
d'avions vrombissants
et de cerfs-volants
en liberté.

À son réveil, le chat se dit : « Quel beau rêve aérien j'ai fait cette nuit! »

Dimanche,
le **chat** enfile son
**pyjama à têtes**
**de monstres...**

et reste éveillé . . .